Ben MELI NGUEUWO

LE CHASSEUR DE PRIMES

Roman

ISBN: 978-9956-0-9859-0

LE CHASSEUR DE PRIMES

Editions Tig

Téléphone: 00237 693 553 904
E-mail : tig.editions@gmail.com

DEDICACES

Cet ouvrage n'aurait jamais été réel sans le concours intellectuel et moral de :

- CNE KOUAWOU NGUEWOU Clément de la GP
- Agence de voyage SOPAGAV
- Me TCHOKOTE Paul (avocat au barreau du Cameroun)
- ING KAMGA YOUALEU René
- Famille EBUTANE
- Famille MANE FOFOU (oncle)
- Mr KIBOUAP Guy Armant
- Mr Pierre FOPPA

Recevez mes remerciements sincères et mon profond respect.

PREFACE

Nous vivons dans un horizon rude, boueux et dangereux. Ici, pour réussir, tu as deux possibilités : aller rapidement, en employant des méthodes à avenir incertain, ou alors aller lentement qui peut-être surement ; mais peut aussi ne mener à rien. Donc en fait, rien n'est certain, il faut juste oser.

Mon appétit littéraire est devenu réel lorsque dans ce livre, je vois un orphelin qui n'a point atteint la vingtaine d'âge, il prend sur lui l'éducation et toute responsabilité sur ses cadets et essaie même de les rendre meilleur que lui.

Combien le font d'ailleurs aujourd'hui ? Lorsqu'il n'y a plus de repère, bonjour la dépression, l'ennui, le vice, la drogue, le crime, la prison, et pour finir la mort. Mais alors pourquoi rien de ceci n'a traversé l'esprit de notre personnage principal?

Tout simplement parce qu'il a eu une bonne éducation, et j'en profite pour tirer un coup de chapeau aux papas et mamans responsables, ceux-là qui donneraient tout pour forger la moralité de leur progéniture. Que les parents d'Enero reposent donc en paix.

Alors, Enero a tout essayé, des aventures qui se sont soldés par des échecs inespérés et troublants ; mais, Enero avait l'âme et l'esprit d'un Camerounais, donc impossible de s'avouer vaincu.

Il a, pour se donner plus d'énergies, rencontré l'amour, parfois l'amour est la solution ; je pense bien que Keindra l'a prouvé aux côtés de Enero.

Une belle prime qui l'amènera jusqu'à la tenue et l'arme des valeureux.

Ce livre est non seulement raconteur d'histoire, mais aussi l'auteur s'en sert pour partager ses expériences sur la persévérance, le travail acharné, la réussite, l'amour etc…

Mais alors, ce n'est même pas tout cela qui est excitant, mesdames et messieurs, il est extrêmement difficile de voir un militaire prendre une plume et écrire un livre, surtout avec un style et une telle cohérence dans les idées. Monsieur Ben MELI NGUEUWO est ainsi un homme parmi les humains, de par sa teneur au travail, son caractère téméraire, et sa passion pour la plume, couronné de son amour pour sa partie, son roman *Le chasseur de primes* mérites toutes les attentions, monsieur l'écrivain Ben mérite du RESPECT.

Gabin DJOMO
Écrivain et coach d'écriture

Orphelin de père et de mère, la bataille s'annonçait plus rude. Et entre peine et espoir, il essayait de poser son esprit. Difficile d'ailleurs d'y croire quand papa te laisse tant de charges et pas de moyens pour les assumer.

Un jeune homme abandonné à lui-même, ainé d'une famille dont quatre cadets tous mineurs ; un garçon et trois filles, tous ne vivant plus sous le toit de leurs parents parce qu'après le décès de ces derniers, deux mois après, le gouvernement avait détruit la seule maison qu'ils leur avaient légué comme héritage ; pour raison de faire passer la route nationale sur le terrain.

C'était le comble, le peu qu'il restait était évaporé ce jeudi soir sous nos yeux ; sous les larmes de la petite sœur, et sur le regret amer du petit frère qui essayait de tenir bon malgré que la tristesse s'apercevait à l'œil nu.

Abattu moralement par le dégât qui leur est causé depuis leur enfant, ils sont accueillis de pitié par une femme du quartier qui leur donnait à manger et prenait soin d'eux, mais malheureusement elle aussi décéda quelques temps après.

Les enfants de la défunte décidèrent de vendre la maison en disant aux démunis de libérer dans de bref délai.

Enero l'ainé, décida d'interrompre cette partie de souffrance. Laissant ses frères dans une maison abandonnée du quartier, il se jeta dehors comme un affamé, à la recherche d'un emploi à partir duquel ses cadets et lui pourraient survivre. Malgré que l'avenir se montrait si sombre, il va commencer par arpenter les villes de son pays à la recherche du pain quotidien pour bâtir son avenir.

La seule voie la plus facile à aborder était celle des entreprises ; bien qu'il n'ait aucune expérience, et dans une société ou sans expériences, il est extrêmement difficile de trouver un emploi, au pire, il n'avait que 17 ans.

Le bonheur et la souffrance sont deux réalités complémentaires de la vie. Naitre est un don, vivre est une grâce de Dieu, réussir est une chance, mourir est une obligation, aimer est un choix. Nul ne peut parvenir au vrai bonheur s'il refuse d'affronter les difficultés de la vie.

Après quelques mois de prière faite, il est recruté dans une première entreprise où il va travailler comme agent de sécurité c'est à dire gardien de nuit ; malgré son innocence. Bon collaborateur, enthousiaste, courtois et motivé par son ambition, il perçoit comme salaire du mois la somme de dix-sept milles Franc CFA. Content de son tout premier travail, après la perception de son salaire, il se trouvait des moyens nutritionnels afin de survivre avec ses jeunes frères.

Quelques mois de service plus tard, il décida de reprendre avec l'éducation de ses frères, les frais annuels d'une personne s'élevaient à vingt mille francs.

Comme il y'a aucun travail sans risque, il fut attaqué la nuit dans son service par des malfrats malgré son niveau de résistance et de défense, ce fut un calvaire pour lui à cause de la porte principale de la société qui a été brisée et les matériels importants emportés.

Le pauvre avait fait toutes les prières du monde pour éviter que ceci n'arrive un jour, mais on dirait bien que c'était son destin. Heureusement, il réussit à sauver sa vie. Ceci était la seule chose qui lui restait car, dit-on : « quand il y'a la vie il y'a espoir ».

Ayant la ferme conviction qu'il atteindrait son objectif, il ne perdit pas espoir et continua son travail car, c'était pour lui le seul moyen de s'occuper de sa petite famille.

Courageux, optimiste, déterminé et perfectionné par certaines activités, vu son degré d'enthousiasme, il se fixa sur la confrontation et la poursuite du mérite car, la chasse est collective, mais le mérite est individuel ; il savait qu'il réussirait durant son parcourt malgré le fait qu'il ait été licencié de son poste de travail suite à l'agression. C'était donc une bonne dose de malheur. Courageux et déterminé, il savait qu'il n'avait nullement droit à l'erreur.

Le point fort de ce jeune homme était sa capacité à être humble et à apprendre à tout bout de champ. Son enthousiasme et sa courtoisie lui ont permis de faire la connaissance de monsieur Pierre, employé d'une entreprise de transport de marchandises de la place qui va le conseiller et l'orienter dans le but de travailler avec lui comme assistant chauffeur *motor boy*, un travail plus motivé que celui des agents de sécurité. Un métier dont le salaire est fixé sur la quantité de marchandises livrées au courant du mois, y compris une ration alimentaire journalière dont le montant varie en fonction de la distance à parcourir. Un travail aussi pas facile avec pour inconvénient le risque d'être agresser le long du voyage, passer des fois une journée sans manger à cause du temps à rattraper, sous le soleil, la pluie et le froid, pouvant être en panne à tous moments et dans différents secteurs du territoire national. Employé de son poste, il a pour devoir de veiller à la propreté du véhicule, à la sécurisation du véhicule et la marchandise transportée. Il doit également connaitre la quantité de la marchandise transportée du départ à la destination, voir même jusqu'à la livraison. De changer les roues en cas de crevaison.

Ainsi recruté dans cette entreprise de transport, il commence à montrer véritablement son sens d'engagement. Sorti partiellement du calvaire brut au vu du niveau précédant, le passer pour lui sera désormais un cauchemar et un nouvel élan en cours.

Il parvient désormais à payer la scolarité de ses frères ainsi que le logement, fait des économies en prévoyant des cas de surprise. Son frère cadet Vincent, bénit du côté intellectuel, il obtient son baccalauréat. Enero encouragé par ce dernier continuait de payer pour ses études universitaires d'où il obtient la licence en science politique à l'âge de 21 ans mais, vu la situation du pays, - n'étant pas aussi aisé de participer à un concours ou recrutement, il décida de se lancer dans le métier de la vente des articles. -Malheureusement n'hésitera pas à découvrir après moult difficultés qu'il n'a pas le don du commerce.

Avec ce diplôme, il aurait eu tellement d'ambitions, de rêves et d'objectifs. Mais il a fallu qu'il soit réaliste, car nous sommes dans un pays ou le diplôme n'est pas égal à l'emploi.

Il va rentrer ainsi attendre dans l'espoir que les choses marchent pour le mieux vu son niveau d'étude mais hélas « quand tu dors ta vie ronfle ». Il fallait en même temps donner un coup de main à Enero qui faisait de son mieux pour assurer le bien-être de la famille, alors que sa sœur cadette donna naissance aux jumeaux.

Quelle bénédiction ! Selon les coutumes Bamiléké, à l'Ouest du Cameroun, les jumeaux sont signes d'honneur et de respect. Le géniteur sera donc appelé *Tagni* et la génitrice *Magni* pour marquer leur nouvelle position dans la société. Ces deux patronymes marquent le couronnement après un sacre traditionnel divin dont les témoins sont les ancêtres.

Mais en réalité, Enero en sera le père car le géniteur n'en assumera pas la responsabilité. Quelle peine de plus selon la situation économique de la famille !

Parfois défavorisé par les actes, souvent encouragé par son entourage et la moralité en se concentrant sur son point fort. La population mondiale s'accroit rapidement d'une façon exponentielle, beaucoup sont ceux-là qui ne parviennent pas à avoir la force de trouver un travail des agents de sécurité, de transporteur des marchandises, de vendeur des articles ou d'autres métiers remportant moins que ceux-ci, d'avoir la volonté de chercher un emploi et même d'aller à l'école pour certains à cause du manque de volonté et pour d'autres du manque de capacité principalement parlant dans la vie des jeunes, pensait Enero..

L'emploi qui se fait de plus en plus rare est une conséquence de l'urbanisation accélérée de la population qui fait la sélection de qui doit travailler et de qui ne doit pas travailler. À cause de l'accroissement démographique, les hommes s'entassent dans les agglomérations gigantesques où les conditions de vie sont lamentables et les ressources insuffisantes.

Un homme sur six ne dispose pas d'eau potable, un homme sur quatre ne dispose pas d'habitation, un homme sur trois est mal nourrit mais, dans une famille, quatre personnes sur quatre ne doivent pas souffrir de la même manière.

La croissance de la famille de Enero n'est évidemment pas la seule cause de cet état de fait, la position économique et sociale qui est devenue à peu près la même chez toutes les personnes unies en est également responsable

La plupart du temps nous donne droit à la confrontation et à la poursuite du mérite, ce qui fait de nos jours la discorde entre l'être humain et d'une part la différence.

La famille d'Enero fait la différence du déshonneur à son état grâce à la solidarité qu'il porte dans son cœur et l'amour des autres.

À chaque étape, il y'avait des leçons à retenir. Tellement de difficultés forgeaient son moral au point qu'il a finit par comprendre que ceux qui pensent qu'il est impossible d'agir sont généralement interrompus par ceux qui agissent.

Evidemment, car tout le monde n'aimerait pas voir l'autre arriver aussi loin que lui.

Trouver du travail dans ce monde est un combat de saignants ; même les résistants et les plus forts ne sont pas sûrs de gagner. La société nous a tellement frustré qu'on y croit plus du tout. Le mérite a été remplacé par le pouvoir des relationnel et dont, si tu n'as pas quelqu'un quelque part, tu ne seras jamais quelqu'un quelque part. Partout dans mon Afrique, il en est ainsi malheureusement. Heureusement que pour un orphelin, toutes les portes ne sauraient se fermer.

Quelques portes qui s'ouvrent

Heureusement que la famille Africaine est pure. Enero a fait la connaissance de la famille EBUTANE qui, suite à des relations de bon voisinage a su gagner la confiance de cette famille par des conseils, et la famille MANE FOFOU.E qui pour eux, reste désormais un frère et fils. Débutant avec des jeux d'enfant en milieu scolaire comme à la belle époque et pendant les études secondaire, Enero fait la connaissance de la jeune Eloïse. Tous deux devenus de meilleurs camarades de classe, entretinrent une relation qui va s'étendre de l'école pour leurs maisons parentales à travers les séances d'étude et de répétitions dont le but ultime est la recherche de la réussite à leurs examens. Cette relation ou du moins, cet amour scolaire consolidé par l'ignorance et la naïveté qui caractérisaient les deux tourtereaux resta illuminée dans leurs cœurs jusqu'après l'obtention de leurs diplômes secondaires et même au-délà. Celle qui a manifestée à son égard un amour fraternel vrai, qui a témoignée pour lui une considération véritable a poussé les parents de cette dernière à le voir comme un fils au fil du temps. Son sens d'engagement au quotidien, sa loyauté et son respect ayant permis à ses parents de comprendre ses envies, ils décidèrent de   l'aider afin qu'il retrouve la traçabilité de son destin. Ainsi, ces derniers décidèrent de le soutenir dans tous ses projets et   —   idées entrepreneuriales,   en   lui   faisant également quelques suggestions et conseils que les parents   donnent généralement à leurs enfants. Il s'agit là de ceux qui l'ont fascinés à partir de leurs conseils, assistance physique, morale, intellectuelle et spirituelle ; à retenir que durant cette période de familiarité, leurs conseils lui ont donnés un sens de vie et permis de comprendre qu'on ne vit pas uniquement pour soi, mais aussi pour son entourage. D'où il finit par comprendre qu'il faut toujours être solidaire car, il devient ce qu'il est grâce à la solidarité et le sens du partage… pas autant à dire, car expliquer les bienfaits et la bonté de ces familles prendra une éternité.

Tout en prenant conscience de cette phase de *vivre en harmonie* dans la société qui doit être le facteur principal, nous pouvons en quelque sorte comprendre que la solidarité est ce sentiment qu'une personne éprouve à l'endroit de son prochain, oriente l'être vers un sens positif, vers une amélioration d'être à des meilleurs sentiments, implique le contexte de la bonne humeur.

La solidarité est à terme, prendre en considération les principes de tout mouvement surgissant à l'encontre de quelqu'un ou de quelque chose ayant liaison avec un proche, solidifier une relation, varier entre les situations, les revenus, le sens du patriotisme

La célébrité de l'être est compatible à la solidarité à dire que, nul ne peut sans l'effort de l'autre, la bonne harmonie et la solidarité sont dépendantes. Elle est à multiple bénéfices et son bienfait n'est jamais perdu dans la nature quel que soit le lieu, la circonstance ou la provenance « il est plus facile de suivre le vent que de changer sa direction »

Généralement parlant dans le cadre social, la vie est un système qui réunit les inconnus et favorise les relations fortes et bien attachées car chaque individu est la force de son prochain, qui a une détermination, une conviction grâce à l'effort de son camarade, frères etc.… « Ceux qui pensent qu'il est impossible d'agir sont généralement interrompu par ceux qui agissent et ne pas poser la question de savoir ce que l'on ignore est une preuve de l'ignorance de la connaissance ». La force de l'exploitation vient d'une expérience multiforme, la satisfaction d'une redoutable solidarité faisant le bénéfice de la troupe et de la circonscription.

La vie d'un homme est basée sur l'individualisme, c'est une chasse individuelle et parfois collective dont le mérite est individuel mais grâce au vivre ensemble, ceci devient à tour de rôle et ramène à un ensemble collectif faisant une force rémunératrice.

La solidarité récapitule la mentalité et le caractère de chaque individu en temps réel dans de différentes positions. Chercher le bonheur de l'autre, c'est se réconcilier avec son frère, aider son prochain lorsqu'il est dans le besoin, le regarder avec un cœur vrai et non de l'hypocrisie, c'est trouver le bonheur de soi-même. Nous avons toujours eu à nous exprimer sans expliquer nos émotions, nos sens de compatibilité envers ceux que nous portons dans le cœur.

l'influence sur la personne est signe de domination et d'engloutissement de son pouvoir, il incombe que tous citoyens, patriotes et partisan du bien être soit toujours au revenu des meilleurs sentiments afin d'acquérir d'avantage les liaisons de la bonne harmonie, La théorie de toutes déterminations complexe sa pratique, une personne solidaire est caractérisée par son enthousiasme, sa générosité, son impartialité dans le sens du jugement, son respect envers les autres, le respect des principes, son honnêteté

La plus grande erreur que les gens ingrats commettent c'est de ne pas penser qu'un jour ou un autre, ils peuvent encore avoir besoin de vous.

Et si on allait en aventure ?

Enero un matin eu une idée folle ; prendre le chemin de la Côte d'Ivoire. Un de ses neveux qui y vivait, travaillant comme cadre dans une grande entreprise connue sur le territoire international, seul membre de la famille qui le nourrissait d'espoir en lui garantissant un avenir prometteur s'il parvenait à le rejoindre afin qu'il lui trouve place auprès de lui en entreprise, une entreprise qui ne demande pas les années d'expérience pour employer comme chez nous, juste l'engagement et l'adaptation rapide au service proposé après recyclage. Il décide de tout faire pour saisir cette opportunité et informe ses jeunes cadets qui étaient d'accord pour ce déplacement. Il va demander à son neveu de lui envoyer un plan de voyage partant du Cameroun à la Cote d'Ivoire par voie terrestre; chose faite, il lui informa sur sa date de départ qui est programmée pour quelques semaines après, le temps de réunir le nécessaire pour son déplacement mais le neveu lui répond en retour « sans problème, tu prendras des jours pour arriver si tu suis ce plan de localisation, mais saches que tu auras souvent de la peine à me joindre par téléphone à cause du manque de connexion dans certains milieux mais une fois arrivé à la frontière, sur le territoire Ivoirien, appelles moi et je viendrai te chercher ». Parti du village en passant par l'extrême nord pour atteindre son point de chute, il sera ralenti par l'attaque des Boko Haram où il va devoir patienter dans la ville de Maroua en attendant continuer une fois la route libre. Les jours passent, les chances d'appeler son neveu sont réduites et c'est ainsi qu'après une semaine passée sur place, il se rend à une agence de voyage transportant les passagers de Maroua pour Kousseri et Maroua Yaoundé, agence escortée par les militaires pendant le voyage, c'est à cette agence qu'il va rencontrer un monsieur en détresse expliquant aux gens comment il se rend à l'ambassade de Côte d'Ivoire à Yaoundé pour les formalités d'expédition de la dépouille de son frère décédé en Côte d'Ivoire il y a de cela une semaine, en expliquant également sur le cout élevé que les chargés de cette transaction ont mentionnés pour expédier la dépouille. Curieux, Enero va se rapprocher du monsieur, lui adresser ses condoléances et veut savoir plus sur ce cas de décès et lui explique qu'il se rend comme ça en Côte d'Ivoire chez son neveu qui l'a invité et qui travaille dans une grande entreprise. Dans la conversation, le monsieur va recevoir un coup de fils qui lui demande l'identité de son frère décédé et au moment de donner son nom, prénom et lieu de naissance, tout d'un coup Enero s'étonna en criant « Euille ! C'est de mon neveu que vous parlez monsieur ».

Suite à une conversation approfondie, Enero va finalement comprendre que la dépouille attendu par le monsieur n'est rien d'autre que celle de son neveu qui l'attendait en Côte d'Ivoire pour lui apporter son soutien.

Au vu de toutes ces situations malheureuses surgies au cours de ses déplacements, cette nouvelle tragique a été effrayante et a causé un grand déséquilibre dans sa vision d'aller en aventure car il ne sait plus chez qui aller ni quoi faire et a fait chemin retour.

Le risque d'une aventure est toujours là dès que l'on commence à sortir des sentiers battus, mais il est contenu par différents paramètres que nous pouvons avoir (de la connaissance du terrain, de son matériel et de sa capacité). Le risque de se faire voler, agresser et voir même tué par les Boko Haram dans l'extrême nord malgré la présence des agents de Force de Défense et de Sécurité ; le rispque de se faire arnaquer, de faire face aux drogués, d'être blessé ou de se faire enlever. Sans oublier toutes les catastrophes naturelles comme les typhons, tremblements de terre ou encore tsunamis qui pouvait arriver sur le chemin sans mesure de sécurité. Pour certaines personnes, le monde est une véritable jungle dans laquelle il faut éviter de s'aventurier.

Suite à ce désagrément, Enero va comprendre que le bonheur ne se trouve pas seulement à l'extérieur, selon lui, son pays peut posséder tout ce que les autres partent chercher en aventure : « on n'est nulle part mieux que chez soi ». Il sera nécessaire de commencer par anéantir l'esprit de facilité (vol, agression...), de faiblesse, d'inaptitude et de forger son propre chemin tout en ménageant la promptitude, l'esprit de développement, le sens de partage, l'esprit compétitif et de considération, toutes ces idées qui l'ont poussé à s'engager une fois de plus dans des activités de son pays afin de participer à l'évolution et pour cela, il choisit le métier des armes, une première prime qui a l'air de lui sourire.

Travailler dans les Forces de Défense et de Sécurité nécessite une considération extrême pour son pays. Sachant qu'un militaire est un membre des forces armées, c'est-à-dire d'une institution de Défense des intérêts stratégiques d'un Etat, avec pour rôle de maintenir la paix dans le pays et le défendre contre les agressions extérieures, de faire respecter l'ordre public et d'assurer la sécurité des personnes, ce métier qui fait peur à plusieurs est à haut risque car, selon François Cailleteau dans Inflexion 2017/1(N° 34) *dire que le militaire n'est pas régi par les mêmes règles que ses contemporains est une vérité d'évidence que le recours fréquent à l'emploi de la force armée par nos gouvernants a remis en lumière.* Sur l'ordre de ses chefs et dans le respect de règles propres à son activité (règles nationales et internationales), il a le devoir de se servir de ses armes, ce qui comprend le droit de tuer même avec préméditation, l'obligation de risquer sa vie et le redoutable privilège de commander à ses subordonnés de prendre ce risque.

Dans la mesure de participer à cette phase qu'est la protection des personnes et leurs biens, le jeune Enero, alors qu'il était à cette conquête, s'intéresse et va donc participer au recrutement commando BIR/GP. Jugé apte et compétent pour ce métier sera admis pour le compte de la Garde Présidentielle du contingent commando de l'année 2019 et incorporé à compter du 10 Février 2019. Après avoir suivi la formation commune de base et son complément, il suivra ensuite la formation élémentaire de spécialité au centre d'instruction de la Garde Présidentielle, au service de la garde du Président de la république du Cameroun espérant aider à combattre ce fléau (vol et agression) qui mine notre société et permettre à chacun d'avoir une vie paisible et prospère.

LA MOISSON

Rendu avec sa fiancé dans une entreprise quelques années plus tôt pour postuler à un emploi d'agent d'entretien (poste sollicitée par cette dernière), une fois à l'entreprise, le chargé des ressources humaines lui a demandé son email en lui remettant la boite postale de l'entreprise à partir de laquelle ils devraient faire parvenir son curriculum vitae afin d'être recrutée mais, malheureusement pour eux, elle n'avait pas d'email et ne savait d'ailleurs à quoi sert un email. Ainsi ne pouvant pas postuler, ils rentrèrent tout posément en réfléchissant sur ce que devait faire la jeune Keindra. Et tout à coup, une idée leur vient de poursuivre le commerce des biscuits, bonbons et cigarettes. La nécessité d'avoir un kiosque pour la vente dans leurs quartiers résidentiels s'imposa, puisque ce n'est que dans son quartier qu'elle avait de chance de développer très rapidement cette activité.

Le projet passa rapidement de l'étape de réflexion à la réalisation et quelques années plus tard, ils parvinrent à ouvrir une grande entreprise commerciale à partir de leurs économies. Sa fiancée, au fil du temps, devient la plus grande distributrice de la localité et patrons de leur propre entreprise, une société à responsabilité limitée pouvant aussi recruter de nombreux employés.

Un jour, pendant qu'il aidait sa fiancé dans son commerce, c'était son jour de repos, voilà qu'arrive un jeune citoyen à la recherche du travail, diplômé niveau master en marketing, voulant postuler. Enero lui demanda sa demande d'emploi et il répondit : monsieur, je ne suis pas venu avec une demande rédigée sur papiers, néanmoins, je vous prie de me remettre la boite postale de votre entreprise afin que je vous transmette mon curriculum vitae ainsi que le nécessaire demandé. Enero lui dit : désolé, notre entreprise n'a pas de boite postale car nous ne savons quelle est son importance.

Monsieur, une grande entreprise comme celle-ci, sans boite postale, incroyable et si vous connaissiez ce qu'est une boite postale, vous seriez surement les plus grand distributeurs au monde entier. Non, dit Enero, si nous savions ce qu'est une boite postale, celle qui dirige cette entreprise aujourd'hui serai agent d'entretien et non chef d'entreprise.

Il a rencontré des personnes, des services, les avantages et les inconvénients. L'optimiste est un être bien accordée, vivant harmonieusement avec ce qui l'entoure. Cet optimisme est un rayon de soleil pour soi et pour tous ceux que l'on côtoie, entrainons nos pensées à voir ce qui est positif dans chaque situation, et notre état d'esprit positif nous aidera non seulement à imaginer ce que nous voulons être, mais nous aidera aussi à le devenir. Qui sème avec larme moissonnera avec chant d'allégresse. Sachant la grande différence qui existe entre un salarié et un entrepreneur.

La retraite est réelle, c'est cette action de se retirer de la vie active, d'abandonner ses fonctions ; c'est l'état de quelqu'un qui a cessé ses activités professionnelles.

Si vous offrez travail ou affaires aux gens, ils choisiront de travailler parce que la plupart des gens ne savent pas qu'une entreprise peut donner 4 fois le salaire dont tu rêves, l'une des raisons pour lesquelles les pauvres sont pauvres, c'est parce que les pauvres ne sont pas formés pour reconnaitre l'opportunité de l'entrepreneuriat, ils passent beaucoup de temps à l'école et ce qu'ils apprennent est de travailler pour un salaire au lieu de travailler pour eux même.

Le bénéfice est meilleur que le salaire car, le salaire peut vous faire vivre, mais le bénéfice peut vous rendre riche et fortuné.

Le capitalisme est la distribution inégale de la richesse, mais le socialisme est la répartition égale de la misère et employé n'est pas synonyme de personne sans vie, une raison de plus pour que les jours fériés et jours de repos soient pour un jeune une période d'entreprendre. L'employeur est un employé qui vie indépendamment de son employeur, c'est ainsi que Enero a pensé créer une activité parallèle gérée par sa fiancée, (relation détaillée en ASILE D'AMOUR) qui leur permettra désormais de joindre les bouts sans tenir compte de son salaire mensuel car le métier des armes ne sera pour lui qu'un métier favoris étant qu'avant d'être militaire on est citoyen ayant tous les mêmes droits et obligations.

Tout ce qui arrive dans la vie d'un être fait partir de son bonheur, c'est à dire que, tout ce que Dieu fait est bien.

Selon Enero, la meilleure manière de

réussir dans la vie est de la prendre telle qu'elle apparait, puisqu'en vivant dans l'ignorance de la particularité, l'homme est appelé à aborder les étapes même les plus difficiles de la vie « la chose la plus importante en matière de communication est de comprendre ce qui n'est pas dit » et si vous ne pouvez pas faire des grandes choses, faites des petites choses en de grande manière.

Enero nous fait comprendre que lorsque la tête réfléchie, le corps ne souffre pas et surtout quand nos actes sont bien définis

Il nous semble que certaines personnes sont rejetées de la société parce que l'on a toujours tendance à croire qu'ils sont incapables d'assurer certaines responsabilités pourtant, les faits réels ne sont pas recherchés car, de nos jours, aussi bien que la faiblesse existe, nous devons faire test de capacité qui nous permettra d'être convaincu et de pouvoir combattre le handicape intellectuel et moral d'un individu. Il y a des personnes capables mais qui manquent juste le soutien ou la possibilité de prouver leur capacité. Nous remercions les responsables chargés des différentes gestions de bien vouloir tenir compte de ce fléau de manque de soutien qui envahi notre population ainsi, ils pourront juste faire un essai et constater de leurs propres yeux la réalité. Sans oublier de tenir compte de la différence qui existe entre un diplômé et un intellectuel car, le diplôme n'est qu'un papier qui peut s'obtenir sans effort et sans valeur contrairement à l'intelligence qui s'acquiert le long d'un parcourt à la recherche du savoir et de la connaissance.

J'ai surmonté des épreuves que je ne pensais pas pouvoir surmonter, j'ai éprouvé des douleurs et j'ai pensé qu'elles pourraient me tuer. J'ai été déçu par des personnes parce que je ne leur avais donné que le meilleur, mais je suis ici plus fort qu'avant et personne ne pourra jamais m'abattre parce que je me relèverai toujours.

De nos jours, aussi bien que la jeunesse ne voulant pas travailler, le plus de pourcentage est dû à certaines négligences de capacité à considérer.

Ceux qui sont destinés à devenir grands sont caractérisés par la patience, ils sont forgés par les épreuves, leurs racines se fortifient dans le secret, le silence les construit et ils apprennent dans l'humilité, souvent même dans l'humiliation. Mais quand sonn l'horloge du succès, ils sortent non pas comme des lionceaux, mais comme des lions.

Le bonheur ne se décrète pas, ne se convoque pas, mais se cultive et se construit peu à peu dans la durée. Le bonheur est une manière d'être, or les manières s'apprennent. Certaines personnes vous parlent quand elles ont le temps et d'autres libèrent leur temps pour vous parler, faites bien la différence.

Celui qui ne pense qu'à lui-même est mesquin et égoïste, mais celui qui pense aux autres et qui donne sans attentes possède la vraie grandeur d'âme.

Ta situation actuelle n'est pas ton destin final, la douleur que l'on éprouve aujourd'hui ne sera jamais comparable au bonheur qu'on éprouvera demain, ne pas se focaliser sur les difficultés, mais sur les possibilités de les résoudre.

Ceux qui ne sont jamais tombés n'ont aucune idée de l'effort qu'il faut pour se relever et tenir debout il n'y a pas meilleur maitre que l'expérience amère vécu sur sa propre peau, beaucoup veulent réaliser de grandes choses, mais personne ne se rend compte que la vie est faite de petits moments, soyons humble pour admettre nos erreurs, intelligent pour apprendre d'elles et mature pour savoir les corriger.

ASILE D'AMOUR

Ayant fait allusion ci-haut à la fiancée de Enero, il est bon de revenir sur la genèse. Alors qu'un restaurant était voisin au service de Enero, lorsqu'il exerçait comme agent de sécurité, la jeune Keindra, assistante cuisinière dudit restaurant et nouvellement arrivée dans la ville sera de temps à autre polie, gentille et courtoise avec Enero. Cette dernière e va lui réserver les restes de repas de la marmite après avoir constaté qu'il ne disposait pas de moyen pour se procurer à manger à sa faim, ni à boire à sa soif. Elle s'était aperçue très vite de la situation des agents de sécurité de notre pays qui ne gagnent presque pas leurs vies.

Motivé par cet acte de générosité de la part de cette jeune fille brune et belle à son égard, il noua une relation amicale sérieuse avec elle. Ainsi, les deux futurs tourtereaux vont de temps en temps dialoguer entre voisins de service. Tout se passe bien et présage un avenir radieu, mais difficile de dire à cette étape de la relation si. Enero y a mis le cœur.

Sans moyen financier de nos jours, une telle relation pourrait-elle être considérée comme amoureuse ? Enero s'est posé des questions sans cesse à mesure de comprendre le sens de son engagement vers cette nouvelle vie amoureuse qui reste d'ailleurs un risque pour l'homme car, pour lui, la déception amoureuse demeure un danger fatal surtout pour les personnes qui aiment de tous leurs cœurs en s'informant sur les cas sociaux. Mais sachant que dans la vie, l'on est obligé de prendre le risque à chaque fois qu'on désire quelque chose ou quelqu'un, à chaque fois qu'on a des objectifs à atteindre

Enero utilisait un téléphone sans clavier. Apres quelques mois de relation de bonne camaraderie et à une période de la paie de leurs salaires, tous deux se sont donné rendez-vous à un endroit de divertissement.

Comme dit selon nos coutumes, l'amour est un sacrement qui doit se prendre les genoux à même le sol et selon un artiste musicien camerounais : « quel que soit ce que tu es dans la vie, sans ta moitié tu n'es pas heureux et chacun de nous a besoin d'amour pour pouvoir aimer et être aimé ». Parlant de cette inclination envers une personne, le plus souvent à caractère passionnel, fondée sur l'instinct sexuel, mais entrainant des comportements variés.

Enero a fait une connaissance considérable de la jeune Keindra, celle qui deviendra au fil du temps sa dulcinée, celle avec qui ils ont partagé et partagent des moments de peine et de joie et sur une durée indéterminable, de patience et de persévérance sans aucune forme de condition où dans leur analyses ils ont tous les deux compris que malgré la beauté de l'amour, ce n'est pas tout ce qui fait durer un couple. En décrivant quelques facteurs extérieurs qui sont entrés en ligne de compte à la durabilité de ce cheminement de leur vie en couple. Ils ont tenu compte de manière considérable de quelques éléments dont ils ont jugé important dans une relation amoureuse que l'amour ;

- LA CONFIANCE :

Evidemment, pour vivre dans leur couple, il leur était primordial de faire confiance l'un à l'autre. Car selon eux, la jalousie est parfois un sentiment qui ne se contrôle pas, mais il ne faut surtout pas qu'il soit justifié.

Faire confiance à l'autre, c'est la base d'une relation solide.

- LE RESPECT

Il leur arrivait de ne pas être d'accord sur certains faits et ce qui est d'ailleurs possible. Les chicanes font partie des relations amoureuses, encore faut-il être capable de communiquer et d'argumenter dans le respect. Si l'un ou l'autre des parties ne respecte pas son partenaire alors cela peut rapidement dégénérer.

- LEUR SECURITE

S'ils ne s'étaient pas sentis en sécurité dans leur relation, alors un grave problème se serait posé. Si votre partenaire vous effraie avec ses comportements agressifs par exemple, cette relation n'est pas saine.

- LE BONHEUR

Pour certains, être en couple n'est pas synonyme de bonheur. C'est normal de ne pas toujours être heureux dans sa vie professionnellement ou personnellement, mais pour que votre couple soit durable, il faut au moins que vous trouviez du bonheur dans votre relation.

- LEUR PROPRE BONHEUR

Ce n'est pas parce que vous êtes en couple, que vous n'êtes plus un individu.

Avant d'être un « nous », vous étiez un « je » ne l'oubliez jamais.

- LEUR INDEPENDANCE

Etre indépendant ne signifie pas d'arrêter de répondre aux textos de l'autre ou encore de l'ignorer. Il leur a fallu simplement trouver un équilibre entre leur vie de couple et leur vie d'individu.

Si vous avez envie de passer une soirée avec vos amis, mais que votre partenaire s'y oppose fermement, alors peut-être qu'il/elle ne vous laisse pas assez d'espace pour grandir en tant qu'individu.

- LEUR VISION DANS L'AVENIR

C'est important d'avoir des projets de vie à deux, une raison pour qu'ils trouvent normal d'avoir des envies différents en insinuant que si votre partenaire veut vivre à douala et que vous désirez rester à Yaoundé….. à un moment ou à un autre, vos besoins vont avoir raison de l'amour que vous avez l'un pour l'autre.

- LE SEXE

Que vous soyez du genre à faire l'amour une fois par deux semaines ou chaque jour, l'important est que votre partenaire et vous ayez les mêmes envies. Si vous vous entendez bien au niveau sexuel alors tout est parfait si non c'est possible qu'il y ait quelques petits ajustements à faire.

- LA COMMUNICATION

Tout le monde le dit, la communication est la clé d'une relation saine. Ils se sont parlés de leur émotions, se sont dit à voix haute leurs peines et leurs colères et surtout n'ont pas eu peur de se dire des jolies choses afin de raviver la flamme de temps en temps.

<u>Quelques conseils pratiques</u>

La différence entre un diplômé et un intellectuel

- Un diplômé étudie pour avoir les diplômes et un intellectuel étudie pour cultiver son savoir ;

- Les diplômés peuvent être le fruit de la tricherie et sont prêts à tout pour percevoir le parchemin, les intellectuels accordent plus d'importance à leurs études qu'aux notes ;

- Les diplômés brandissent leurs diplômes avant de montrer ce qu'ils savent faire et les intellectuels mettent en avant leurs savoir ;

-Les diplômés accordent plus d'importance à leurs apparences physiques et les intellectuels n'ont pas le temps pour le bling bling, ils sont trop occupés à investir pour leur cerveau ;

- Les diplômés se croient intelligent et les intellectuels pensent qu'ils ont encore tout à apprendre ;

- Les diplômés parlent avec trop d'assurance et les intellectuels laissent la place au doute ;

- Les diplômés se moquent et méprisent ceux qui n'ont pas leur niveau de diplôme et les intellectuels respectent et écoutent tout le monde

- Les diplômés ont une grosse télévision et les intellectuels ont une grosse bibliothèque ;

- Les diplômés deviennent vite agressifs lorsqu'ils sont contrariés (manque d'argument) les intellectuels gardent leur calme dans la plupart des situations ;

- Les diplômés parlent trop et écoutent moins, les intellectuels écoutent plus et parlent moins ;

- Les diplômés pensent que les lunettes et la veste rendent intelligent.

- L'intelligence n'a rien à voir avec le niveau d'étude, on peut avoir beaucoup de diplôme et être un parfait idiot, tout comme on peut être sans diplôme et réfléchir de manière impeccable.

Expériences

- Dans la vie, trois choses ne reviennent jamais : Le temps, les mots, les opportunités ;

- Trois choses que vous ne devez pas perdre : la patience, l'espoir, la dignité ;

- Trois choses qui valent plus que tous les autres : l'amour, les principes, la confiance ;

- Trois choses les moins fiables du monde : le pouvoir, la fortune, la prospérité ;

- Trois choses qui définissent une personne : l'honnêteté, le travail, les résultats ;

- Trois choses qui détruisent une personne : le regret, l'orgueil et la rage ;

- Trois choses difficiles à dire : je t'aime, je te pardonne, aide moi ;

- Trois choses qui donnent la valeur à une personne : la sincérité, l'engagement, la cohérence.

La vie nous offre souvent plusieurs opportunités mais nous sommes souvent tellement occupés qu'on ne s'en rend pas compte, la vie est précieuse, nous devons nous rappeler de vivre pleinement chacun de ses facettes.

Votre objectif devrait être de trouver les idées qui vous font grandir, puis de passer le plus de temps possible à vous imprégner de ces idées.